Temporina

Para os meninos e meninas de Araçuaí,
a lembrança mais colorida.
Para a Lourdes, em sonho.
Para o Grupo Ponto de Partida, eternamente.

Meus agradecimentos aos amores do Grupo Ponto de Partida e aos Meninos de Araçuaí; ao CPCD e seu glorioso Tião Rocha; à Natura, com muito carinho por Fernanda Paiva, Beatriz Araújo, Camila Jeremias, Fernanda Alves, Luís Seabra e Guilherme Leal; à ÔZé e toda a equipe envolvida na produção deste livro, em especial ao Zeco Montes; à Natália Gregorini; aos colegas de Escrevedeira, Noemi Jaffe e Flávio Cafieiro, pela leitura generosa; a meus pais e irmãos, pelo apoio incondicional; ao Pablo, ao Téo e ao Tomé, pelo amor de dia útil; à Regina Bertola, pela confiança, pelo incentivo e aprendizado pra vida inteira.
À exceção da Temporina, que foi criada por mim, as demais personagens desta história foram concebidas pelas atrizes e atores do Ponto de Partida, em processo de composição coletiva. Como escritora, agradeço a cada um pelo presente.

[Júlia Medeiros]

Júlia Medeiros ■ Natália Gregorini

Temporina

Coleção Presente de Vô

São Paulo 2022

Enfim aconteceu o que Temporina mais temia. Com tantos olhos espiando pelo buraco, mais cedo ou mais tarde a Fechadura pegaria uma conjuntivite. Vermelha, ardida, lacrimosa. Conjuntivite das brabas.

O médico bateu o olho e logo deu a receita: colírio e chá de sumiço.

O colírio deveria ser aplicado no buraco da Fechadura três vezes ao dia, sendo uma gota para cada sílaba: co-lí-rio ou bu-ra-co ou bi-ros-ca ou al-gu-ma à es-co-lha. A pa-la-vra só não poderia ter, de modo algum, jamais, nunquíssimamente, nenhuma gota a mais ou a menos. Ao que Temporina concordou com a cabeça, três vezes.

O chá de sumiço era para os enxeridos. Sendo altamente contagiosa, a conjuntivite passaria para qualquer olho que xeretasse a Fechadura. Sendo tão bisbilhoteiro, esse olho contaminaria uma nova fechadura, que transmitiria a doença a mais um olho abelhudo. Ele, então, levaria a conjuntivite de fechadura em fechadura até causar um surto de *Conjuntivichadurabrabens*, ali, Naquele Lugar. Ao que Temporina concordou com a cabeça, já fervendo a água.

Mas esperou o médico ir embora e não colocou o chá de sumiço na entrada de casa. Se os curiosos desaparecessem, quem teria a curiosidade de procurá-los? Decidiu que o melhor seria deixar a Porta levemente aberta, (como há tempos se arrastava, ela até gostou de ficar encostada), pois sabia que os observadores não resistiriam à fresta:

– Na casa da Temporina tem um Ornitorrinco que faz faxina.

– O Cabideiro da Temporina tem um caso com a Cortina.

– Dizem que o Paliteiro é um rei aposentado. Sua esposa fugiu do Reino do Galheteiro, farta de suas espetadas, e ele abandonou tudo, arrasado.

– A Rainha não fugiu nada! Ela passou a governar no lugar do marido e foi ele quem partiu, com o orgulho ferido – Deolinda corrigiu Tuzébio, como sempre.

O menino nunca olhava pela Fechadura com o devido afinco e, por isso, sempre completava o que via com um pouco do que inventava. Já Deolinda era o contrário: arregalava bem o olho, depois tentava envesgá-lo, piscava, espremia e esticava até conseguir o ângulo perfeito, ajustando o foco no minúsculo buraco. Mas dessa vez, pela primeira vez, a Porta estava aberta e a menina não teve dúvida: chamou Tuzébio para entrar, sem dar vez para a conjuntivite. Ao que o garoto respondeu:

– Tudo eu, tudo eu!

Mas logo se calou.

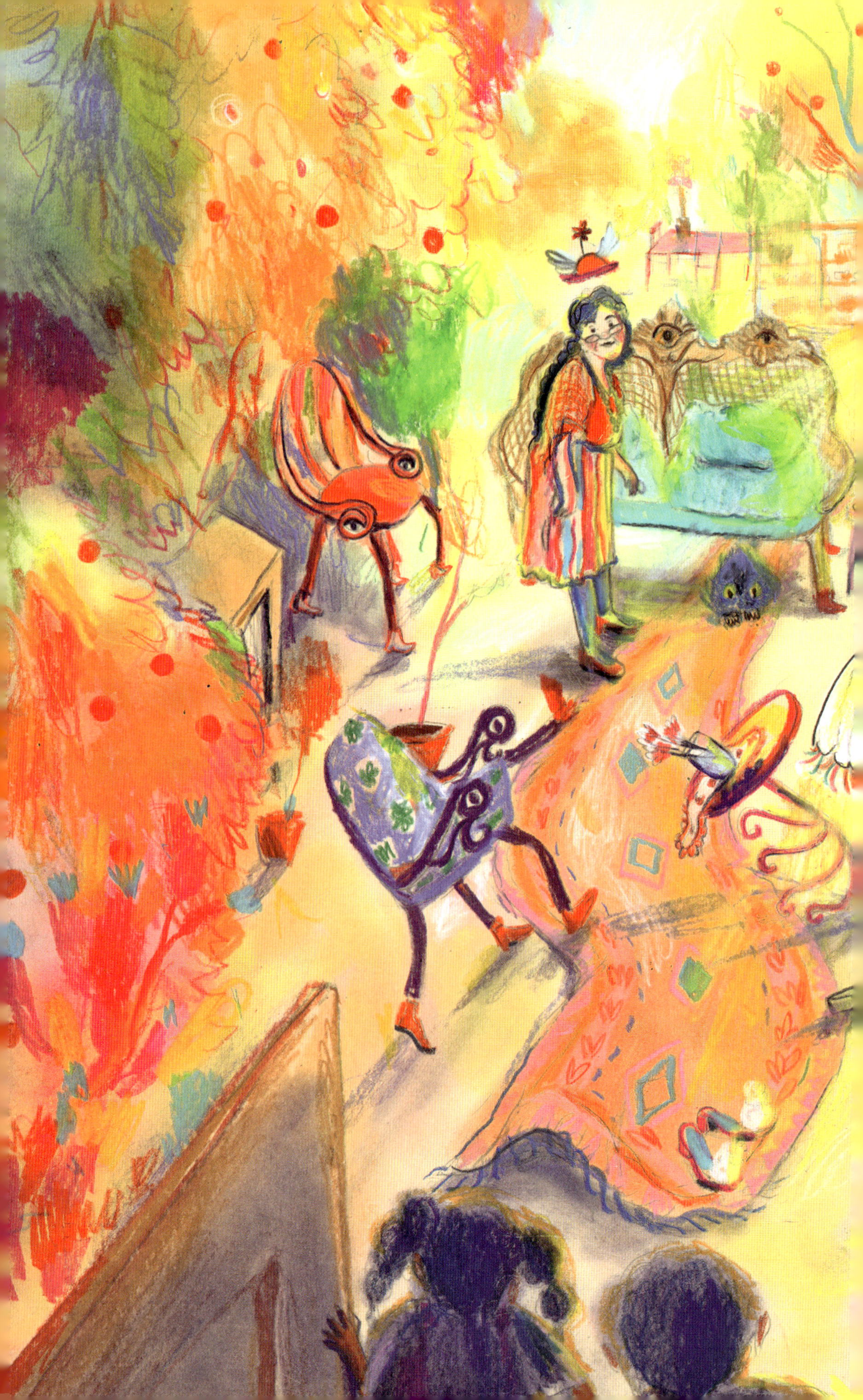

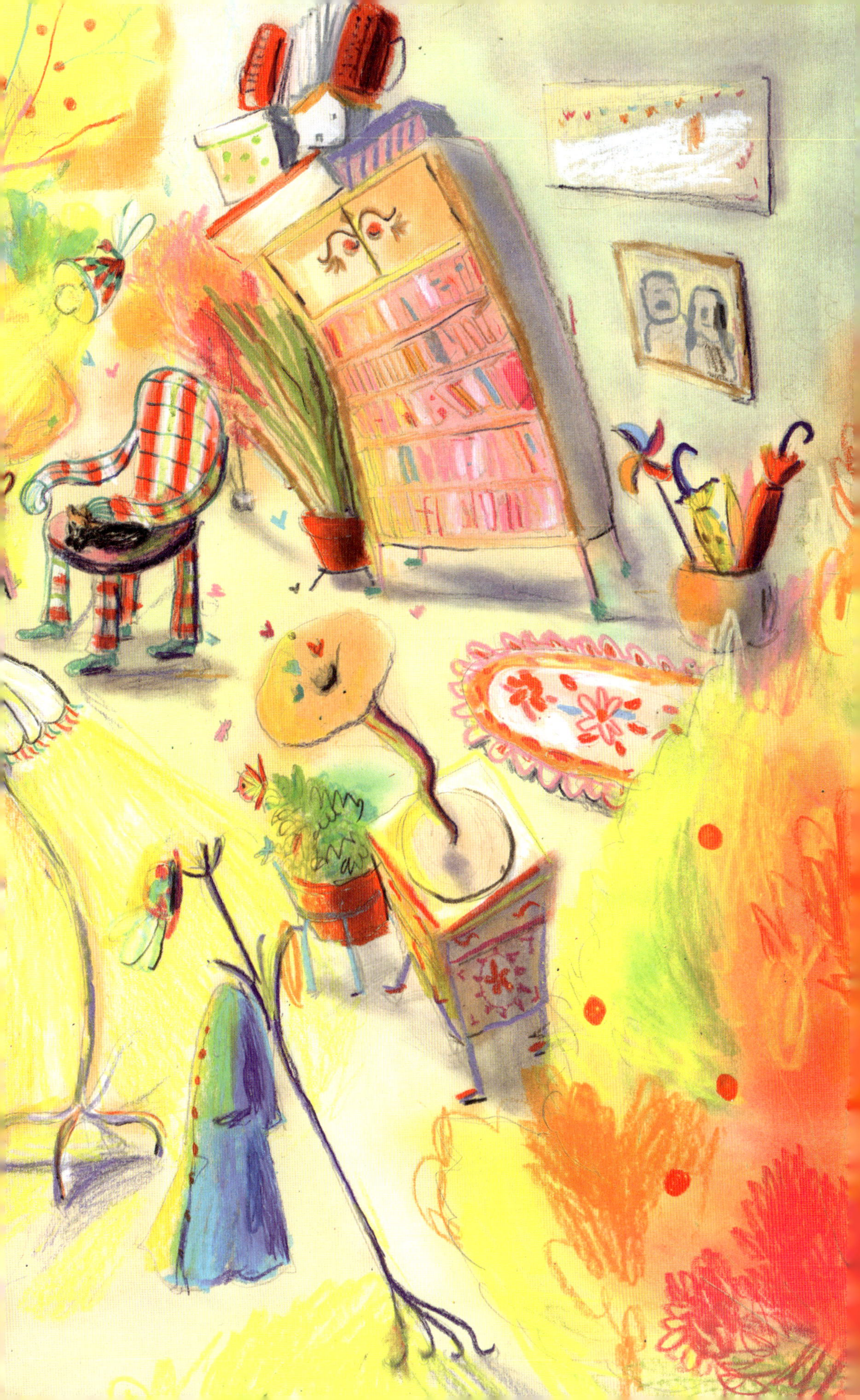

– Sejam bem-vindas, crianças!

A voz veio do meio da sala e vestia uma saia que parecia toalha, xale com cara de colcha e um anel que poderia estar dependurado na parede com os retratos de família.

– Temporina!

Embora a Casa fosse dela, as crianças não pensaram que a encontrariam logo na entrada, como quem suspeitasse visita. Enquanto Tuzébio se desesperava, Deolinda inventou, com desenvoltura, que eles tinham ido pedir uma xícara de açúcar para seu avô, o velho Cambeva. Temporina e Cambeva eram amigos fazia muitíssimo tempo e a dona da Casa gostou de fingir que tinha acreditado na desculpa doce da netinha dele, convidando a menina e seu amigo para acompanhá-la.

A Fechadura, que já não estava boa das vistas, perdeu-os de vista de vez.

Deolinda e Tuzébio, por sua vez, nem piscavam. Mas ficaram com os olhos arregalados mesmo, quando Temporina entrou no banheiro e voltou de lá com o açúcar. O Bule, pai do Açucareiro, tinha se apaixonado pela Escova de Dentes e acabou se mudando com a família para lá. Ele estava viúvo desde a queda de sua Cafeteira adorada... A pobrezinha ficou um caco.

Enquanto Temporina contava o drama do jogo de chá, um zunido a chamou da cozinha:

— Zuzuzizá!

— Já vou, Zélia!

Ao que Tuzébio cochichou:

— Deolinda, é impressão minha ou a Temporina tá conversando com uma abelha?

— Quem são Zé, Zulmira e Zico Nico, Tuzébio? De quem as duas estão falando?

— Não sei! Agora elas estão trocando receita? De bolo?

— Não sei, Tuzébio! Não entendo nada do que essa Zélia fala. O que que ela disse sobre a sexta-feira?

— Terça!

— Não, Tuzébio, sexta!

Temporina despediu-se de Zélia e fechou a janela. Quando se virou, as crianças estavam mais pálidas do que talco de assombração:

— Temporina, você conversa com as abelhas?

Zélia, Zulmira, Zulú e Zico Nico moravam na ameixeira do quintal da Temporina fazia muitos anos. Ela viu a família crescer junto com a colmeia, foi convidada para a inauguração do bar do Seu Zuenir e até ajudou a fazer o enxoval do Zé, todo bordado em ponto favo de mel. Por que motivo não conversaria com eles? Tá bem que, no começo, era mesmo difícil entender aquele zambe-zumbe, principalmente quando Zélia e Zulú entravam em alguma zaringa. Mas logo Temporina via que o casal estava só de zueira e ficava tudo zen.

– Que maneiro! – Tuzébio não estava zuando.

Já Deolinda foi mais abelhuda:

– Mas, Temporina, o que tem na sexta-feira? Por que a Zélia tava tão apressada?

– Experimentem isto, crianças.

E serviu uma xícara de mel para cada um. Imediatamente, eles ouviram um ZumbiZaZueiraZaringaZambeZumbilambiuZão e entenderam: era na sexta-feira que as abelhas fabricavam a gostosura.

– Que maneiro! – disse Tuzébio, pela milionésima vez.

Desconfiada de que a visita estava ficando longa demais, Deolinda convidou seu amigo para ir embora, com voz de quem queria ficar. Temporina escutou com ouvidos de quem estava gostando da companhia e quis saber se as crianças não teriam mais um tempinho.

– Teriam! – disse a ponta da língua da Deolinda.

– Eu quero mostrar a vocês o quarto da minha infância.

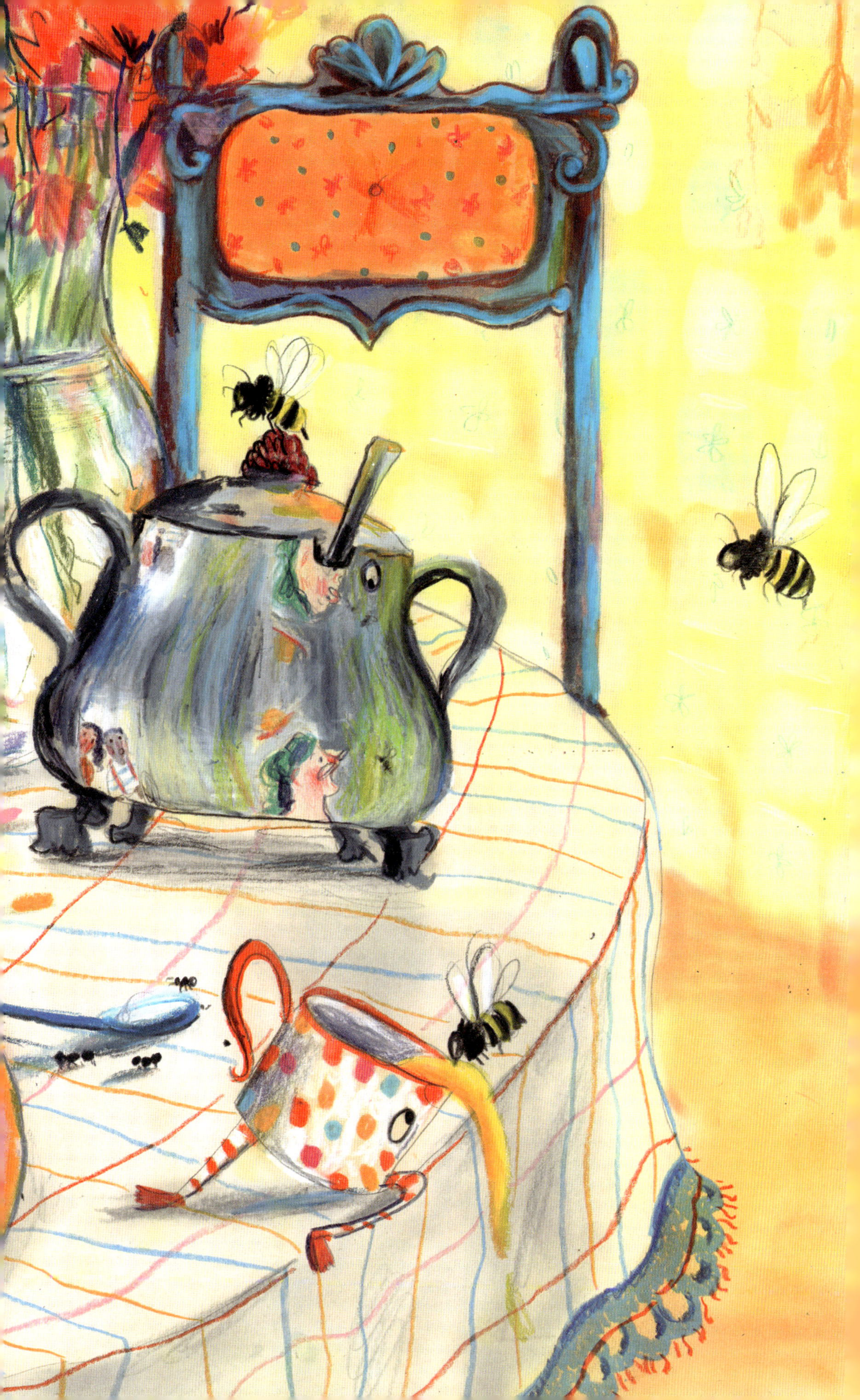

Deolinda apertou as alças da inseparável mochila e Tuzébio ajustou seu suspensório insuperável. A viagem pelo corredor estava tão comprida, que a menina calculou que a casa tivesse uns vinte e nove milhões e doze trezentos e quinze trinta e cinco quartos. Ao que Temporina precisou explicar:

– É que em cada cômodo se hospeda uma peça de roupa e ela jamais deve ser vestida em outro lugar. É uma regra. Se eu não segui-la e, por exemplo, vestir a camisa no quarto das calças, minhas pernas mudam para o lugar dos braços e meus braços para o lugar das pernas.

– Que maneiro! – Tuzébio citou a si mesmo.

– E isso já aconteceu alguma vez, Temporina?

– Sempre.

No fim do corredor, Temporina segurou com firmeza as mãozinhas das crianças e suspirou de olhos fechados, como nos suspiros de saudade:

– É este o quarto da minha infância.

A porta tinha a altura da Deolinda e Tuzébio precisou se abaixar para atravessá-la. Lá dentro, porém, não havia nenhuma infância além da voz do menino.

– Ío, ío, ío – arremedou o Eco.

– Vazio, Tuzébio? Mas as lembranças estavam todas aqui, eu juro – disse Temporina, muito alterada.

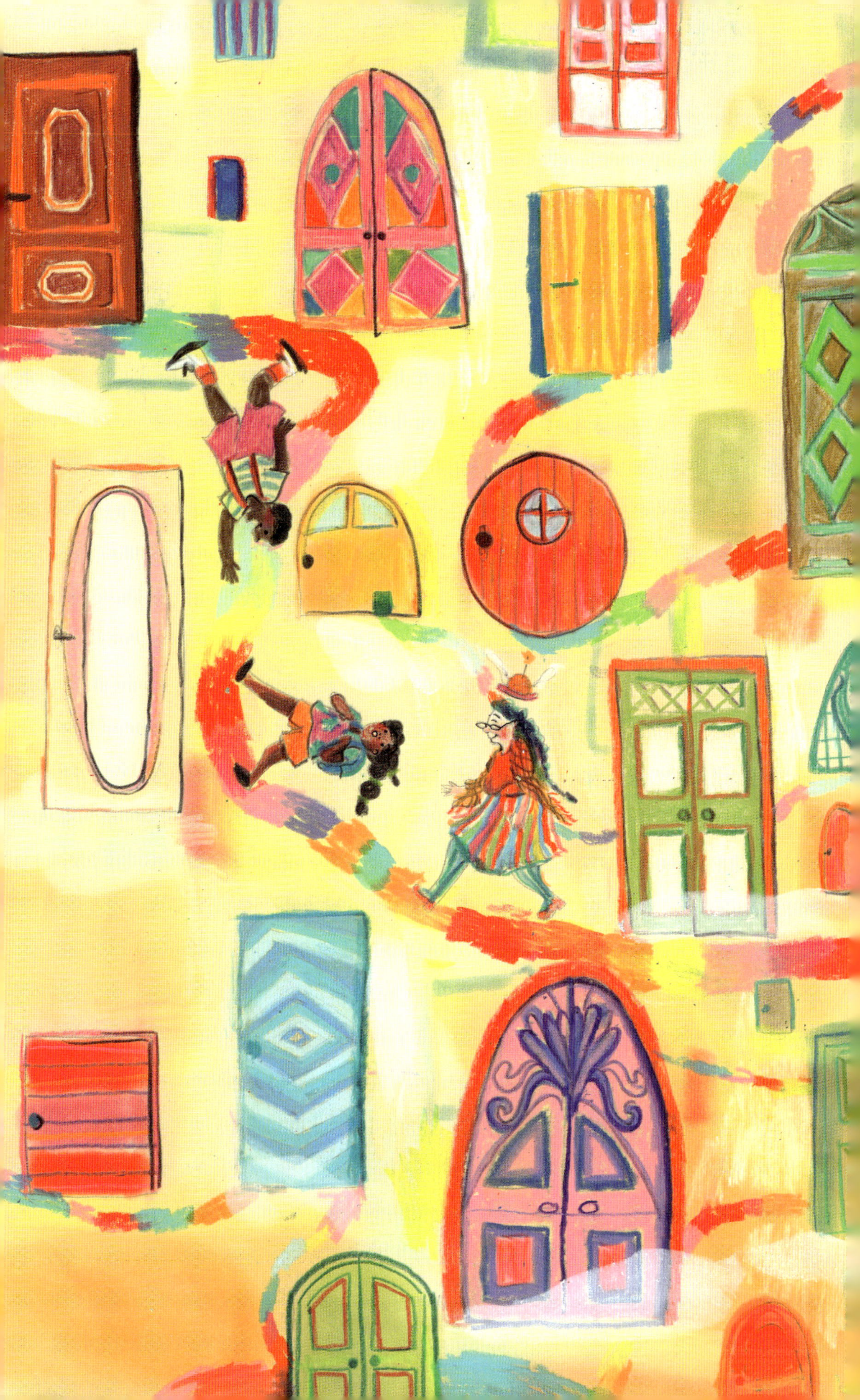

— Olha: a janela tá aberta!
— Deve ter sido por ela que as lembranças escapuliram — Tuzébio completou Deolinda.

Nesse momento, a aflição de Temporina se transformou numa tristeza que escorria dos olhos até os soluços. Sem saber como se comportar diante de alguém sem infância, as crianças se apavoraram:

— Temporina, você tá tão pálida... — Deolinda foi a primeira a notar.

— Eu posso imaginar. Vocês não calculam o tamanho da minha tristeza.

Ao que Deolinda, insistiu:

— Não é isso, é a sua cor, ela tá sumindo. Você tá ficando preta e branca!

Mesmo sabendo que Deolinda era só uma menina, foi muito irritante vê-la fazendo brincadeiras com uma situação tão séria e Temporina lhe deu uma bronca, seguida de um grito assustador: Tuzébio tinha trazido um espelho e ela viu, ao vivo e sem cores, que estava mesmo desbotada. Temporina poderia estar dependurada na parede, como um retrato de antigamente.

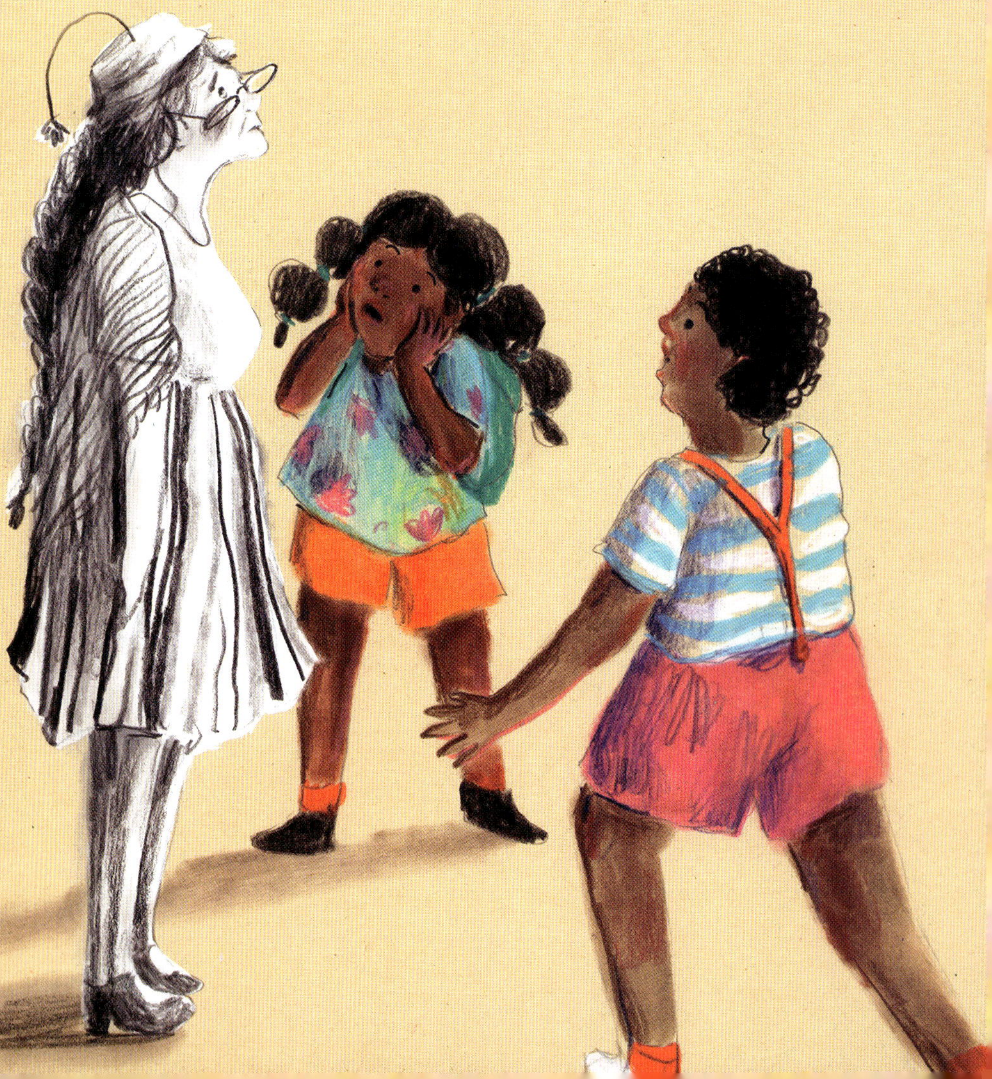

Sem saber como consolá-la, Tuzébio e Deolinda decidiram levar Temporina para a Oficina do Cambeva e todos concordaram que ele era o único que poderia dar jeito naquele sem-jeito; afinal, Cambeva era o maior restaurador de lembranças de que se tinha lembrança.

– É grave!
– Urgente!
As crianças sabiam, porque de infância elas entendiam. Por isso começaram a gritar antes mesmo de chegarem ao portão. Cambeva saiu assustado, mas ainda não tão assustado como quando viu Temporina:
– Mas você está...
– Preta e branca, Cambeva, eu já sei.
Por meio segundo, o velho restaurador pensou que pudesse ser alguma brincadeira, mas logo lhe veio a suspeita terrível e ele se apressou em examiná-la:
– Temporina, caí no poço.
– Mas como você foi ser tão descuidado, Cambeva?
E foi gargalhada para todo lado. Deolinda tentou explicar para Temporina que se tratava de uma brincadeira "super-mega-ultraconhecida" e Tuzébio foi logo ensinando

como se respondia, mas Cambeva sabia que seria inútil. Ainda assim, arriscou outro exame, mais invasivo:

– Temporina, cadê o toucinho que tava aqui?
– Eu não sei, ora! Vê lá se eu vou ficar mexendo nos toucinhos dos outros!

De novo, as crianças caíram na risada e Deolinda, muito exibida, puxou a parlenda:

– Tuzébio, cadê o toucinho que tava aqui?
– O gato comeu.
– Cadê o gato?
– Foi pro mato.
– Cadê o mato?
– O fogo pegou.
– Cadê o fogo?
– A água apagou.
– Cadê a água?
– O boi bebeu.
– Cadê o boi?
– Tá amassando o trigo.
– Cadê o trigo?
– A galinha espalhou.

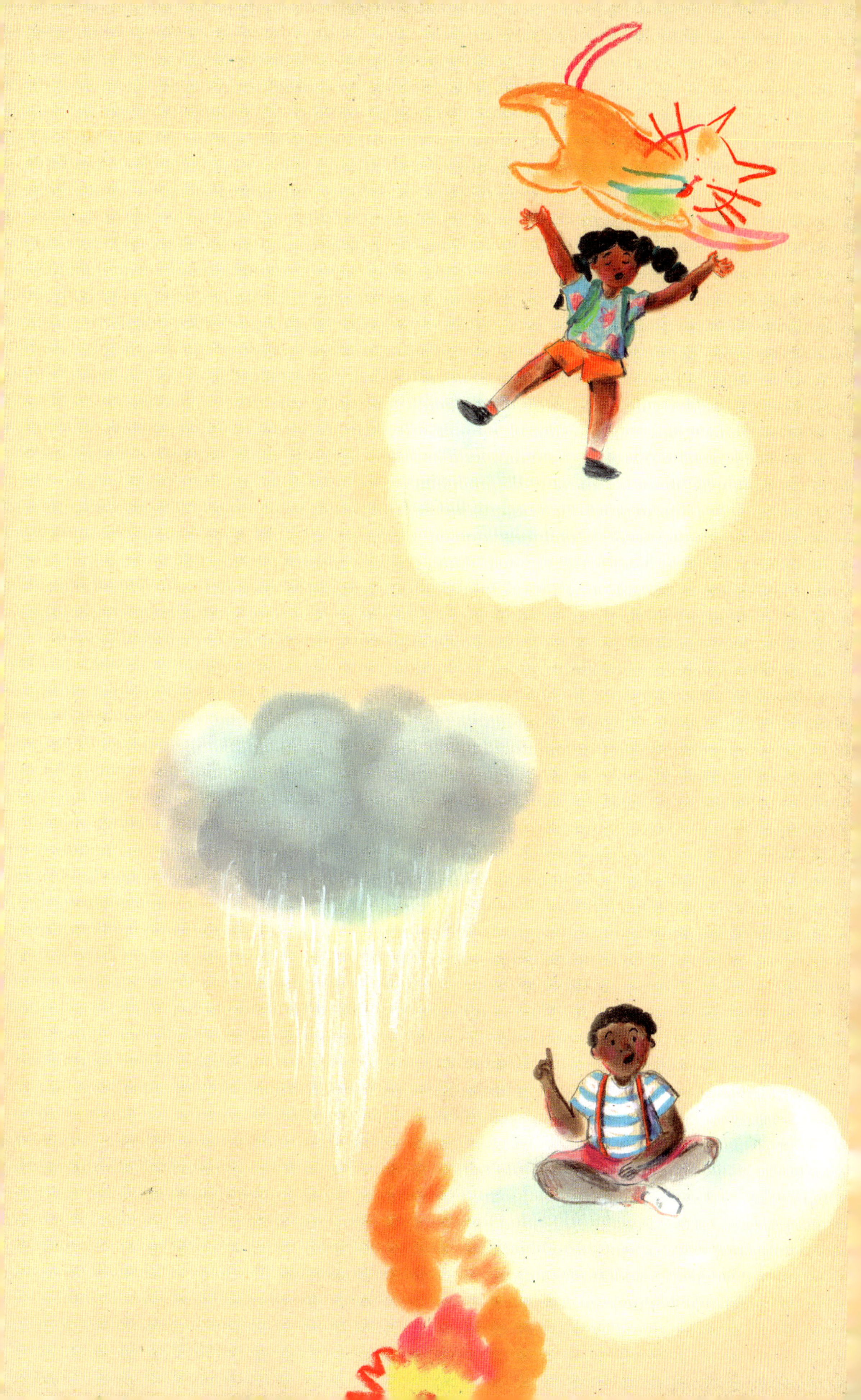

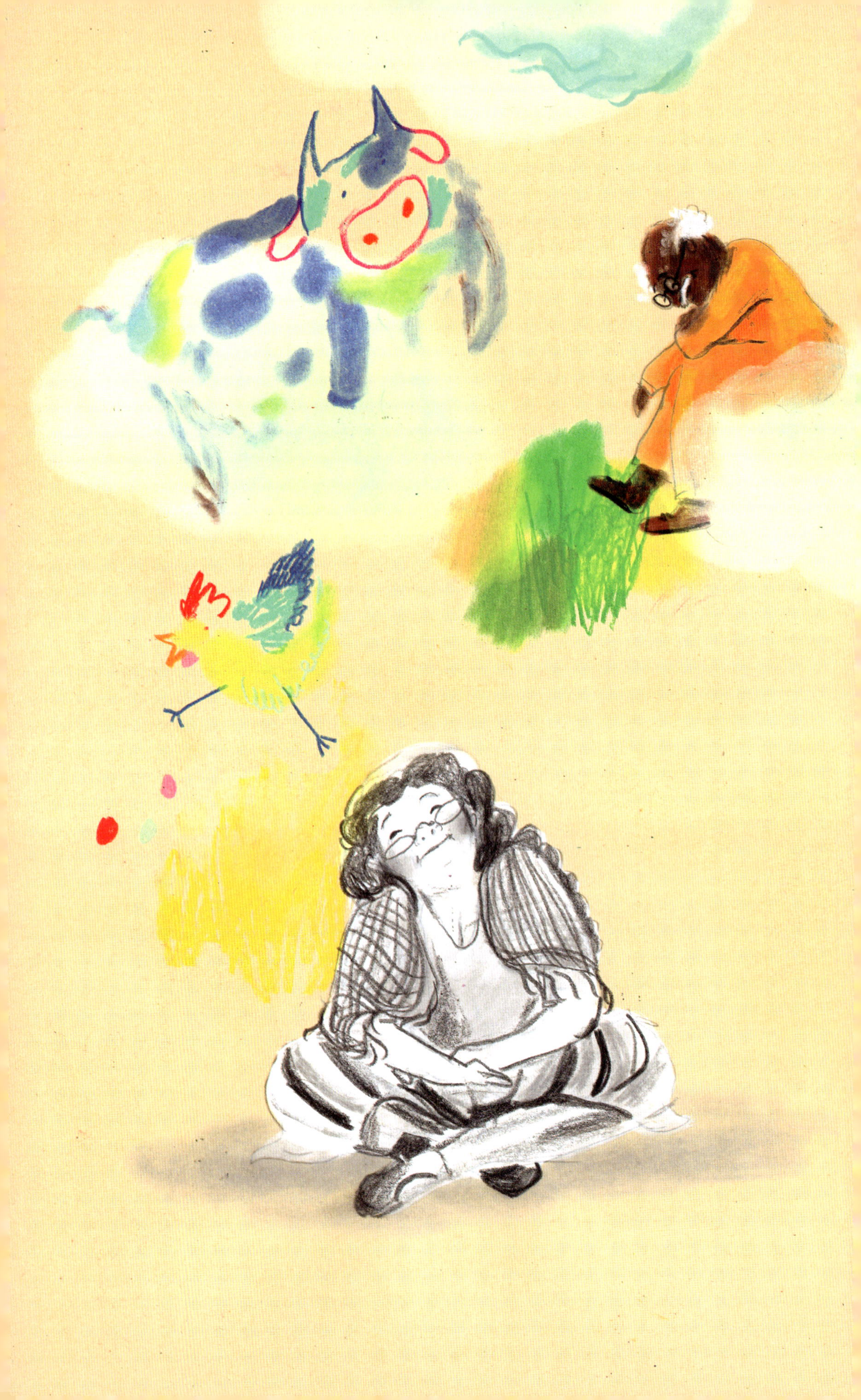

– Cadê a galinha?
– Tá botando ovo.
– Cadê o ovo?
– O frade comeu.
– Cadê o frade?
– Tá rezando a missa.
– E cadê a missa?
– Tá aqui, ó!

E encheram Temporina de cosquinhas. Ela riu tanto que Cambeva até pensou que tivesse lhe restado alguma infância. Mas logo Temporina quis saber onde, afinal, estava a missa e o restaurador de lembranças confirmou que, que se havia lhe sobrado algo, era o esquecimento. Ao que ele explicou:
– Parte do que somos são as nossas lembranças e quando as perdemos, é um pouco de nós que vai embora. No seu caso, Temporina, era sua infância que te coloria.
– Então foi por isso que eu fiquei assim, Cambeva!
– Justo. E a única forma que eu conheço de devolver a sua cor, é resgatarmos tais lembranças.
– E se a gente não achar? – Tuzébio perguntou, com voz de tragédia, e Deolinda achou por bem acentuar:

– Ela vai ficar preta e branca pra sempre?

– Acalmem-se! – disse Cambeva, nervoso. – Qualquer lembrancinha, por menorzinha que seja, vai ajudar no conserto.

Uma música chegou no portão e, pela voz, estava carregada de memória. Tinha um som de começo e palavras com muito ontem. Quanto mais se aproximava, mais era de longe.

– Zalém, Calunga! – comemorou Deolinda.

– Vocês não vão acreditar... – disse Temporina, desanimada.

– Já sabemos, Temporina. E sentimos muito.

– Nossa, aqui as notícias andam de foguete, hein?

Mas a verdade é que Zalém e Calunga eram ainda mais rápidos do que as notícias. Só assim conseguiam resgatar as lembranças fujonas ou salvar as mais apagadas do completo esquecimento. Como seus pais, avós, bisas, tatas etc., eles eram catadores de lembranças. O baú onde eles as guardavam não nos deixava perceber quanta memória se perdia todos os dias, mas dizem que lá dentro era tão infinito que o risco era a gente mesmo se perder etc.

Deolinda, que conhecia bem aquele baú, estava tão ansiosa para saber se Zalém e Calunga tinham encontrado as lembranças da Temporina, que a resposta dos dois veio antes da pergunta, como a queda de um meteoro:

– Não.
– Mas se vocês as estivessem procurando, procurariam onde? – insistiu Temporina. Ao que Calunga respondeu, com voz de trovão:
– Muito simples!
– Simplérrimo! – Zalém completou, bonachão.
– Onde?
– Em todo lugar – os dois disseram juntos, com o entusiasmo das propagandas enganosas.

E dessa vez foi Temporina quem deu com a cara no chão. Afinal, o que é que tinha de simples naquilo?
– As lembranças podem estar atrás do pôr do sol...
– Ou debaixo do seu nariz.
– É só procurar! – Zalém e Calunga tinham essa mania de um completar o outro.
– Só procurar? – Temporina perguntou, já procurando: – Mas onde? – e andando: – Cadê? – murmurando: – Quéde? – já sozinha e cada vez mais distante: – Onde qué?
– On qué o quê, Tempô?

Antes de se virar, Temporina soube quem estava falando:
– Maria Metade!

Temporina não tinha notado, mas a amiga a estava seguindo meio de longe, fazia mais ou menos meia hora. E como sempre acontece ali, Naquele Lugar, até Maria Metade já sabia a história inteira. Ao que Temporina se apressou:

– Agradeço muito a sua preocupação, minha querida amiga, mas agora, desculpe, eu preciso continuar procurando.

– Mas se você procurar sozinha, Tempô, não vai achar nem metade das suas lembranças. Uma infância nunca anda separada da outra. Não vê criança? Onde tem uma, sempre tem outra.

E como se existisse mágica, meninas e meninos foram surgindo de trás da Maria Metade. Eram tantas crianças, que até parecia que, Maria Era o Dobro.

Temporina não acreditava no que via. A meninada a cumprimentava e andava em volta e tudo que parecia tumulto, num minuto virou roda. Ninguém tocava a música que elas dançavam, mas todo mundo a ouvia. Sem perceber, Temporina estava no centro da roda e, nessa hora, as crianças cantaram: como se o sol cantasse.

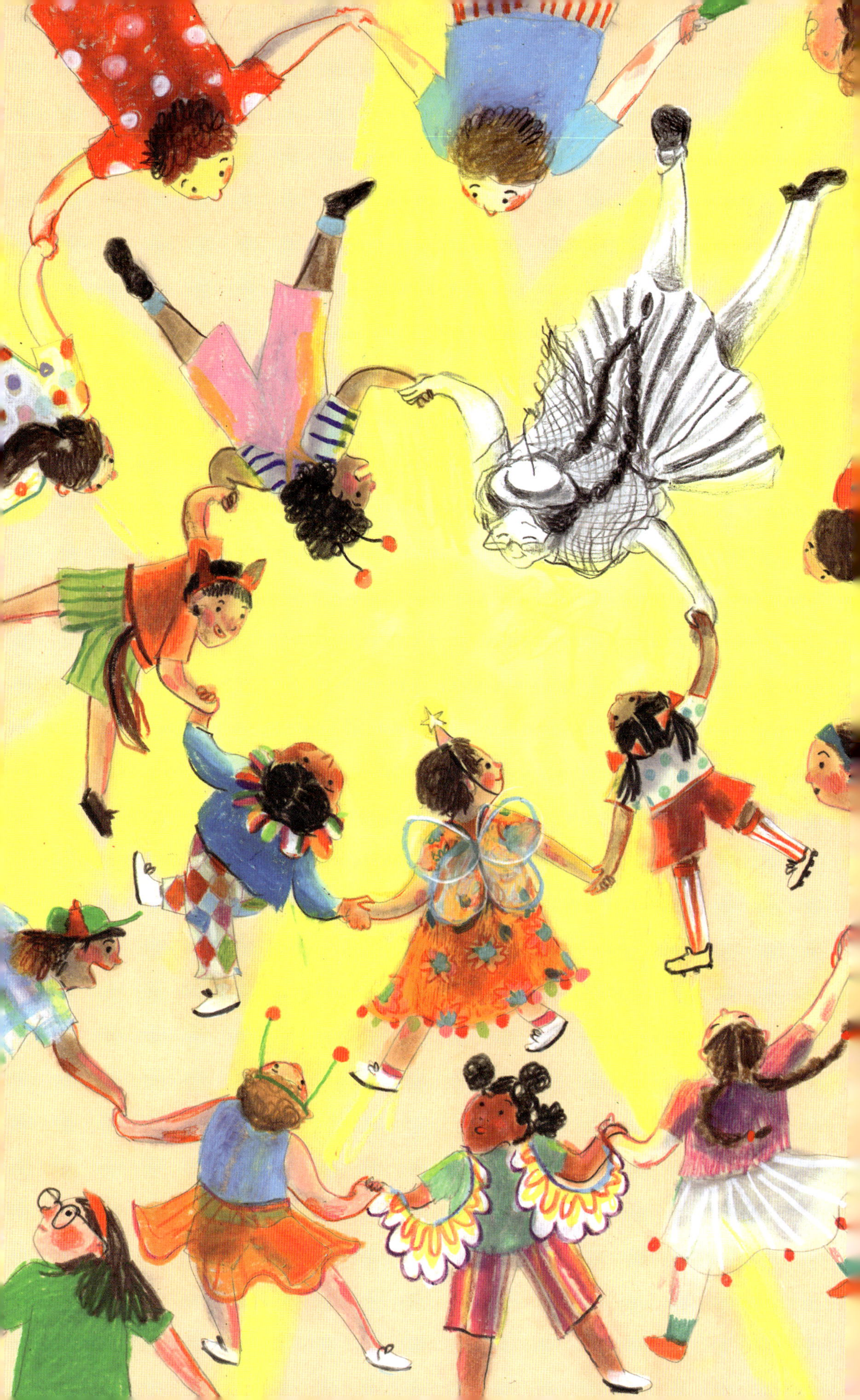

Chora, chora, chora, oi pião
Oi deixa de chorar, oi pião

Temporina, no centro da roda, parecia estar no centro da voz. Dezenas de meninas e meninos, cada um com a sua cor, eram cantiga:

Põe a mão na cabeça, oi pião
Oi, tira, põe nas cadeira, oi pião

Ela começou a seguir os passos das crianças:

Dá um rebolado, pião
Oi, dá um sapateado, pião

Temporina, então, não estava mais no centro, mas na roda. De mãos dadas, ela cantou:

O pião entrou na roda, pião
O pião entrou na roda, pião
Roda, pião, bamboleia, pião
Roda, pião, bamboleia, pião

Nessa hora, as crianças se calaram. Temporina tinha cantado sozinha, letra e melodia! Como era possível? Maria Metade arrepiou dos pés à cintura.

– Eu me lembrei! Vocês me ajudaram muito, crianças, muito obrigada! – disse Temporina, eufórica. – Agora eu preciso correr para contar para o Cambeva. Adeuzinho!

– Adeuzinho, Tempô!

Sem desconfiar que Temporina voltaria à oficina tão cedo, Deolinda nem se mexeu para atender a campainha. Ao que Tuzébio respondeu:

– Tudo eu, tudo eu!

Mas logo se calou.

Calados, ele, Deolinda e Cambeva se aproximaram de Temporina, encarando seus olhos como se assistissem a um eclipse.

– Mas eles estão coloridos! – Cambeva se aproximou para confirmar.

– Metade cor de lua... – Deolinda chegou mais perto.

– Metade cor de estrela – Tuzébio disse de onde estava mesmo.

E tornaram a demorar olhando. Temporina, se sentindo bisbilhotada demais, apressou-se em contar do seu encontro com Maria Metade e de como as crianças se pareciam com o sol que iluminava o quintal onde ela brincava de roda.

– Essas crianças da Maria Metade... eu sabia que daria certo! – disse Cambeva, se esquecendo do medo de que nada desse certo. – Agora, Temporina, eu quero lhe apresentar uma pessoa.

– Não é uma pessoa! É uma coisa – Tuzébio corrigiu Cambeva.

– Não é uma coisa! É uma pessoa – Deolinda corrigiu Tuzébio, incorrigivelmente, já se corrigindo: – Quer dizer, é uma coisa-pessoa.

Um canto veio lá de dentro da oficina e não tinha voz de pessoa nem de coisa. Era um som único no mundo, como a conversa das baleias. "Inconfundível" seria a palavra para quem já o tivesse ouvido. E "inesquecível" também, pois era um canto tão bonito quanto a trilha sonora de um carrossel. Quando ele entrou na sala, meio humano, meio instrumento musical, meio sem idade nenhuma, meio desde sempre, Temporina ficou com a voz em calda:

– Muito prazer.

29

E ele perdeu a voz. Seu nome era Realejo. Temporina soube porque Cambeva o chamou assim quando correu para socorrê-lo, ou para socorrer a sua voz – o que era, no mínimo, curioso. Mas logo em seguida, Realejo se recuperou e Temporina gostou muito de ouvi-lo novamente:

– Como ela está linda.

E todos suspiraram aliviados. Menos Temporina, que parecia suspirar por outro motivo:

– Realejo? Mas esse nome não me é estranho... eu já não o conheço de algum lugar?

– Talvez.

Enquanto Cambeva esperava, atento, que a conversa dos dois rendesse novas lembranças a Temporina, Deolinda e Tuzébio trocavam risadinhas, suspeitando de que se tratava muito mais de um caso de paquera do que de memória. Ao que Cambeva preferiu não esperar mais que Temporina se lembrasse e mandou que ela continuasse sua busca, agora na casa das Sonhambulantes. Temporina se apressou, mas ainda no portão da Oficina do Cambeva, percebeu que tinha se esquecido de uma coisa, ou melhor, de uma coisa-pessoa:

– Adeuzinho, Realejo.

– Até logo, Temporina.

A casa das Sonhambulantes tinha três portas, três tapetes e nenhuma campainha. Temporina, então, bateu três vezes para avisar que tinha chegado. Ao que as velhas responderam, em trio:

— Quem é? Entra pra cá que tem vaga.

— Eterna, Constança, Perpétua! O Cambeva me pediu para vir aqui porque...

— Ele quer que entremos no seu sonho pra ver se há nele alguma lembrança escondida – completou a trinca.

— Nossa, aqui as notícias andam de foguete, hein?

Desde que souberam que Temporina tinha perdido a infância, as Sonhambulantes não pregaram o olho. Arrastavam suas camisolas de um lado para o outro, imaginando trezentas tragédias para o destino descolorido da amiga. Só não se descabelaram, porque as touquinhas de dormir não permitiam. Para Eterna, Constança e Perpétua os acontecimentos eram sempre para sempre. E pensar em alguém que não teria infância nunca mais deixou-as tresloucadas:

— São Longuinho, São Longuinho, se acharmos as lembranças da Temporina, damos três pulinhos.

— São Longuinho, São Longuinho, se acharmos as lembranças da Temporina, damos três pulinhos.

— São Longuinho, São Longuinho, se acharmos as lembranças da Temporina, damos três pulinhos.

— Mas isso está parecendo um pesadelo! Acalmem-se! – disse Temporina – ou melhor: acalmem-me!

— Ela tem razão, meninas – ponderou Constança – Vamos entrar nos sonhos dela.

Perpétua deitou Temporina no seu colo, que era todo de algodão. Com as pontas dos dedos de unhas compridas, sempre pintadas de prateado e glíter, começou a desenhar um mapa na cabeça dela – tão de leve, que não fazia fronteira com nenhum país. Constança não tinha mais voz de velha, mas de riachinho, e qualquer cantiga sua era de ninar. Eterna, então, emprestou o azul dos seus olhos para Temporina e ela adormeceu na noite de algum céu. Elas entraram:

— Nossa!

— Que sonho é este?

— Está todo embaralhado!

Mesmo acostumadas à mirabolância dos sonhos, as Sonhambulantes se surpreenderam com o que viram. Mas também se animaram: uma girafa passeava de cueca e isso era uma pista de que as lembranças de infância poderiam estar por perto. Mais adiante, o Realejo cantava com sua postura de ópera e o cabelo brilhantinoso que, todos sabiam, era

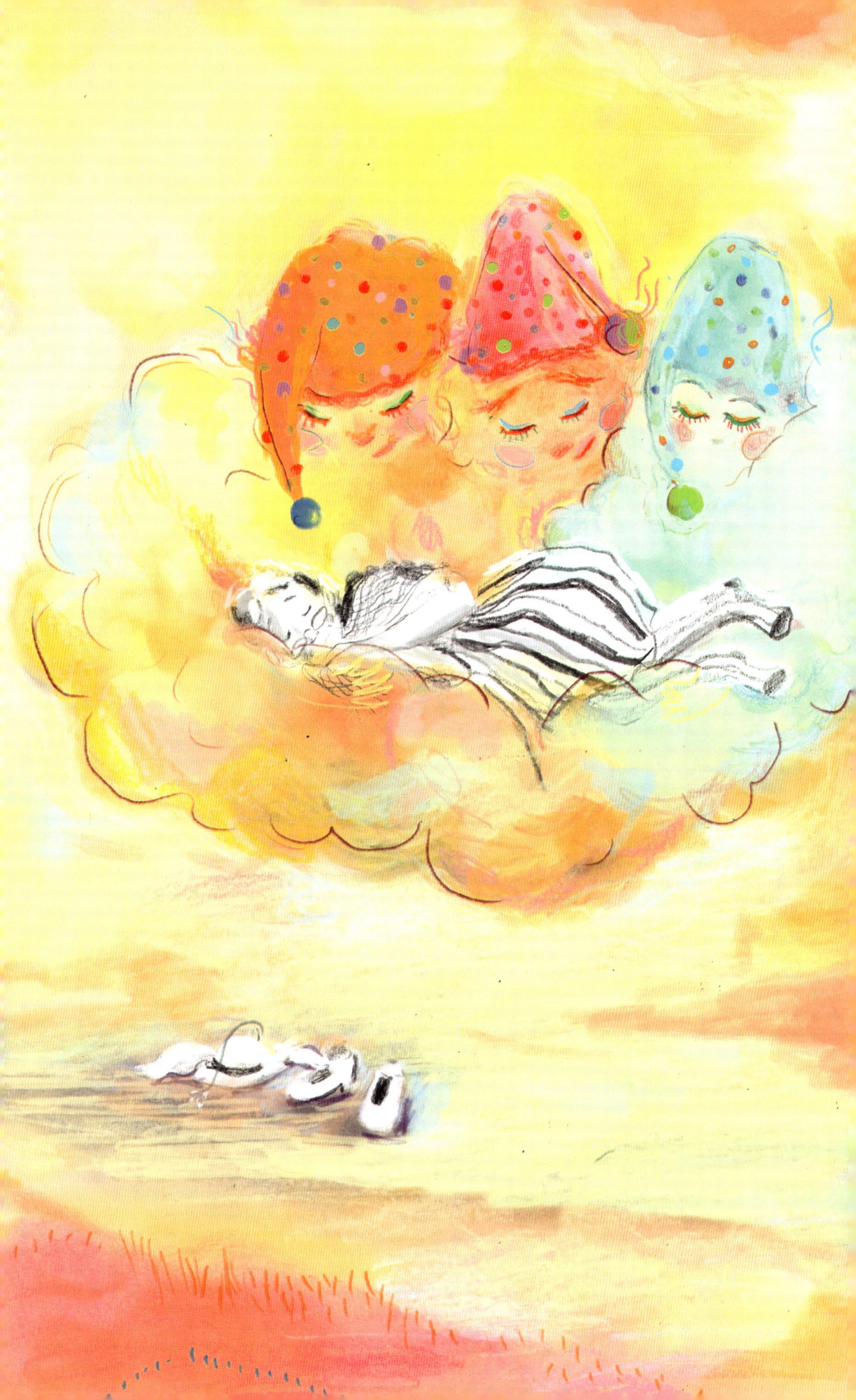

partido com régua. Mas, por algum motivo, ele, que sempre se vestia discretamente, estava com um terno mais colorido que feira de fruta. Eterna, Constança e Perpétua não entenderam nada, mas suspiraram.

De repente, uma menina passou correndo com um cabelo muito ruivo espichando o vento. As Sonhambulantes sabiam que ela se parecia com alguém, mas não quiseram arriscar um palpite de cara. Em matéria de sonhos, todo engano é pouco. Uma mulher a chamou de princesa e a menina deixou que a moça trançasse suas mechas. Agora as três tinham certeza: aquela menina era a Temporina.

– Mãezinha, quantos vaga-lumes têm na minha coroa?
– Doze.
– De quantos quilates?
– De quantos quiseres.

A mãe lhe deu um abraço apertado e um beijo amassado. Eterna, Constança e Perpétua tinham o que precisavam. E, de novo, com voz de riachinho, dedos de levinho e olhos azuizinhos, as Sonhambulantes foram despertando Temporina:

– Princesa.
– Princesinha...
– Acorde, minha princesa.

— Mãezinha... — Temporina acordou com farelo de sonho. — Mãezinha??? — e se beliscou para ver se ainda estava dormindo. — Constança, Eterna, Perpétua, eu me lembrei! Eu me lembrei!

— Seu cabelo ficou dourado, Temporina!

— Dourado? Mas que maravilha! Eu conheço alguém que vai adourar ver.

— O Realejo... — elas tricotaram.

Temporina deu adeuzinho e pôs o pé no caminho. Afinal, aqueles cabelos coloridos mereciam um chapéu florido e um bom vestido.

Chegando em Casa, ela dava corridinhas de um quarto ao outro, tentando não destrocar nenhuma parte do corpo, mas acabou com o pé no lugar do pescoço quando vestiu o colar no quarto dos sapatos. E foi bem nessa hora que ouviu uma voz nem de coisa nem de pessoa, vindo lá de fora. — Justo agora!? — Ela desvestiu as peças rapidamente, para tornar a vesti-las nos quartos certos e, enfim, aparecer na janela de cabelos dourados, olhos estrelados e um lindo chapéu — tudo no seu devido lugar.

Sem dúvida, era uma serenata. Porque serenatas não deixam dúvidas. É até curioso que aconteçam à noite, quando tudo que desejam é ser meio-dia. Você abre a janela e recebe o susto de uma declaração de amor que pode durar uma canção, duas ou uma vida inteira. O Realejo à janela, cantando só para ela, foi um susto tão doce que Temporina se lembrou da Caixinha de Música que tinha ganhado ainda menina: de dia, era como todas as outras, mas depois que a Casa adormecia, era só dar corda na Caixinha para que a Bailarina saísse lá de dentro e convidasse Temporina para dançar.

Enquanto o Realejo cantava, Temporina foi se lembrando dos passos e deixando que a levassem até ele. Quando os dois se encontraram, os sapatos de Temporina estavam azuis, exatamente no tom das sapatilhas da Bailarina. Ela tinha recuperado mais uma lembrança e o Realejo deu uma beijoca no seu rosto.

– Temporina, suas bochechas ficaram cor-de-rosa!

– É que eu sou tão tímida...

– Não, Temporina, é a cor. Voltou mais uma cor!

– Que maravilha! Mas, Realejo, eu não me lembro de ter me lembrado de nada agora. Que estranho...

– Mas eu me lembro de tudo.

Temporina estava ficando intrigada por não conseguir se lembrar do que Realejo tanto sugeria se lembrar. E embora tivesse recuperado algumas de suas cores, a verdade é que ainda podia se passar pela prima distante de uma zebra.

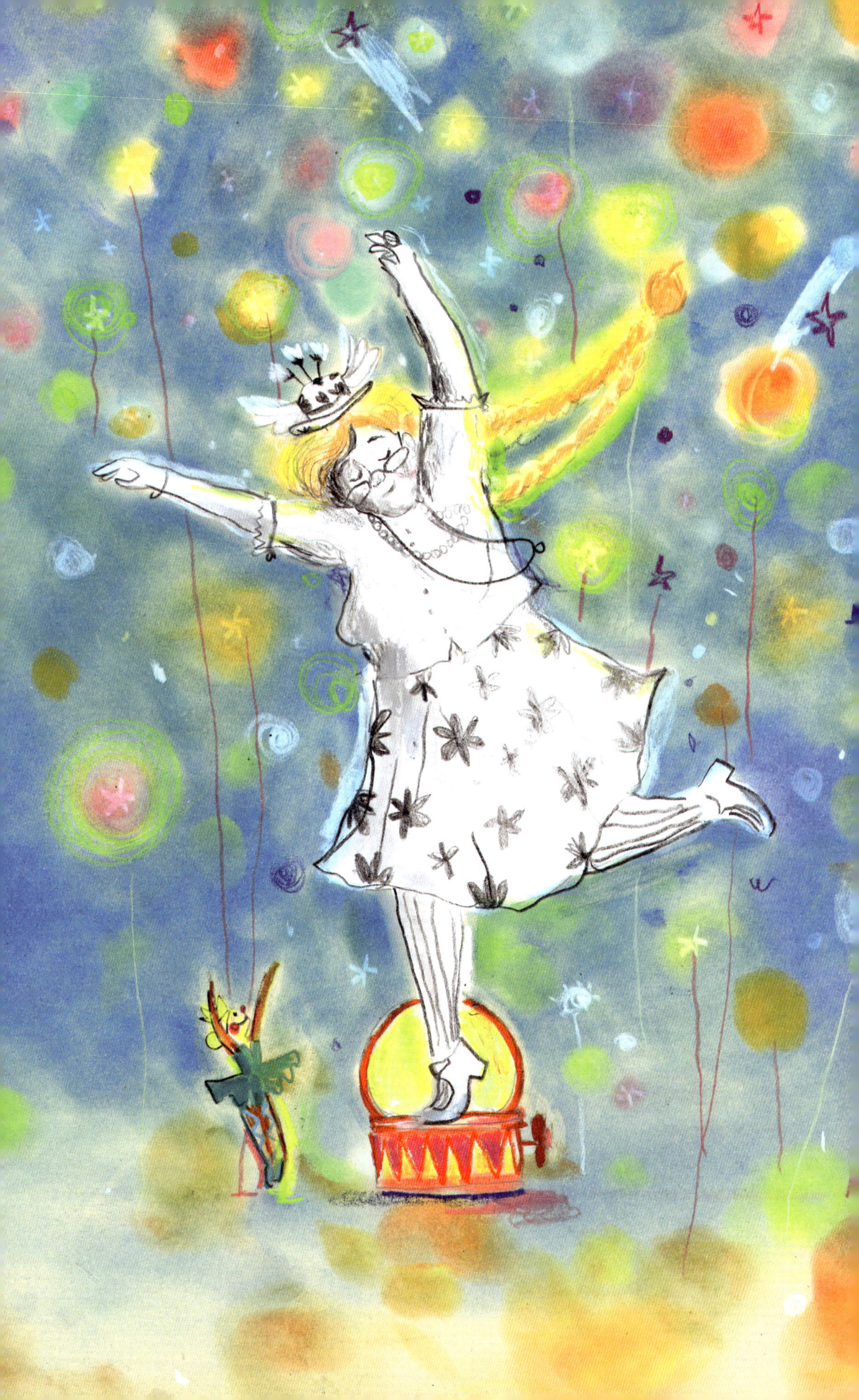

Temporina chegou a desconfiar de que o Realejo pudesse lhe despertar uma lembrança tão cinza ou, então, de um azul tão sombrio que era por isso que ele evitava lhe revelar o que sabia. Mas essa ideia era mais triste que sorvete derretido, então ela preferiu achar que, no fim das contas, não se lembraria de tudo mesmo; que, mais cedo ou mais tarde, a infância escapole pela janela e que, pensando bem, nem todas as pessoas são tão coloridas assim.

Teve muita vontade de dar um abraço no Realejo, mas um som de tuba e a interrompeu. Ele ficou imediatamente aflito; afinal passava muito da hora de levar Temporina à praça. Eram ordens expressas do Cambeva e os dois estavam mais atrasados que lesma sonsa.

Ao chegarem, Temporina viu as crianças da Maria Metade e um monte de balões. Eterna, Constança e Perpétua comiam algodão-doce de três cores, e Zalém e Calunga comandavam a percussão. Zélia tinha levado toda a família e também estavam presentes o Bule e a Escova de Dentes. Até a Fechadura, que não tinha mais conjuntivite nenhuma, espiava de longe o movimento.

Tuzébio e Deolinda pegaram Temporina pela mão e Cambeva, do alto do coreto, fez sinal para a banda começar. O coração de Temporina bateu tão acelerado e forte que não foi como se ela se lembrasse, mas como se também fosse lembrança. Ela estava sendo menina naquela praça, enquanto todos cantavam a mesma música.

– Cambeva, essa banda deixou meu coração vermelhinho de novo!

E, mesmo sem ver o coração, todos acreditaram.

– Mas agora pegue isto, Temporina.

Embora Cambeva estivesse feliz e até emocionado, os mais chegados puderam notar uma apreensão na sua voz.

– Um monóculo? – Temporina perguntou, com certo deboche.

– Mono o quê? – Tuzébio quis saber.

– Mo-nó-cu-lo, Tuzébio! Você põe a fotografia pititinha lá dentro e é só olhar pelo buraco que ela fica crescida – ensinou Deolinda.

– Que maneiro!

Ao olhar pelo buraco, Temporina viu muitas pessoas em uma praça que ela teve a impressão de conhecer. Viu balões, algodão-doce e uma banda que, aos poucos, começava a se mover. Agora todos na foto se moviam. Ela, então, viu um realejo ao lado de uma menina. O Realejo da Praça, que tocava em todos os domingos da sua infância.

– É você, Realejo?

– Sim, sou eu, Temporina.

Nesse momento, a menina da foto começou a ficar toda colorida e Temporina teve certeza de quem era aquela menina. Desde o primeiro momento, o Realejo tinha se lembrado dela. Entre as muitas crianças que iam lhe pedir uma música no domingo, ele se lembrava de Temporina e era isso que queria tanto dizer a ela.

Temporina, então, olhou bem nos olhos dele e, de dentro do seu coração vermelhinho, pode ouvir a música. O Realejo também ouviu. A música preferida daquela menina era a mesma que ele adorava. De mãos dadas no centro da praça, eles deixaram que seus olhos inundassem, enquanto escutavam a canção que só eles conheciam.

Lembrar junto acende um arco-íris.

Cambeva sabia. E, abraçado com Tuzébio e Deolinda, assistiu ao que todos viam com olhos pasmados: como se existisse mágica, Temporina ganhou, de uma só vez, as sete cores que lhe faltavam.

Desde esse dia, toda vez que alguém se esquece da própria infância, Temporina, de qualquer lugar em que esteja, risca sete lembretes coloridos no céu. Quem os avista logo sorri, aponta e grita "olha, olha!", como se existisse mágica, como se fosse a primeira vez, toda vez.

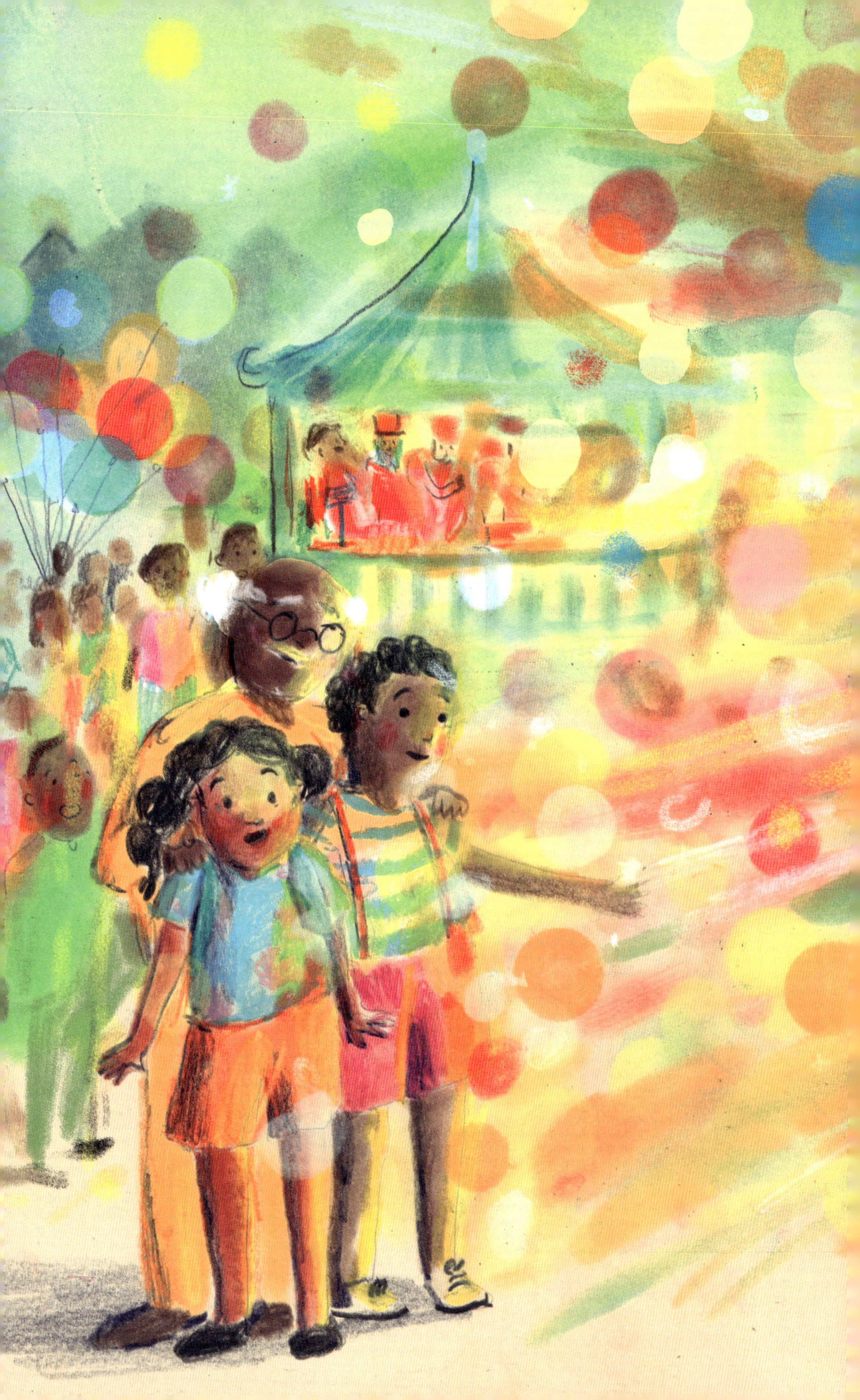

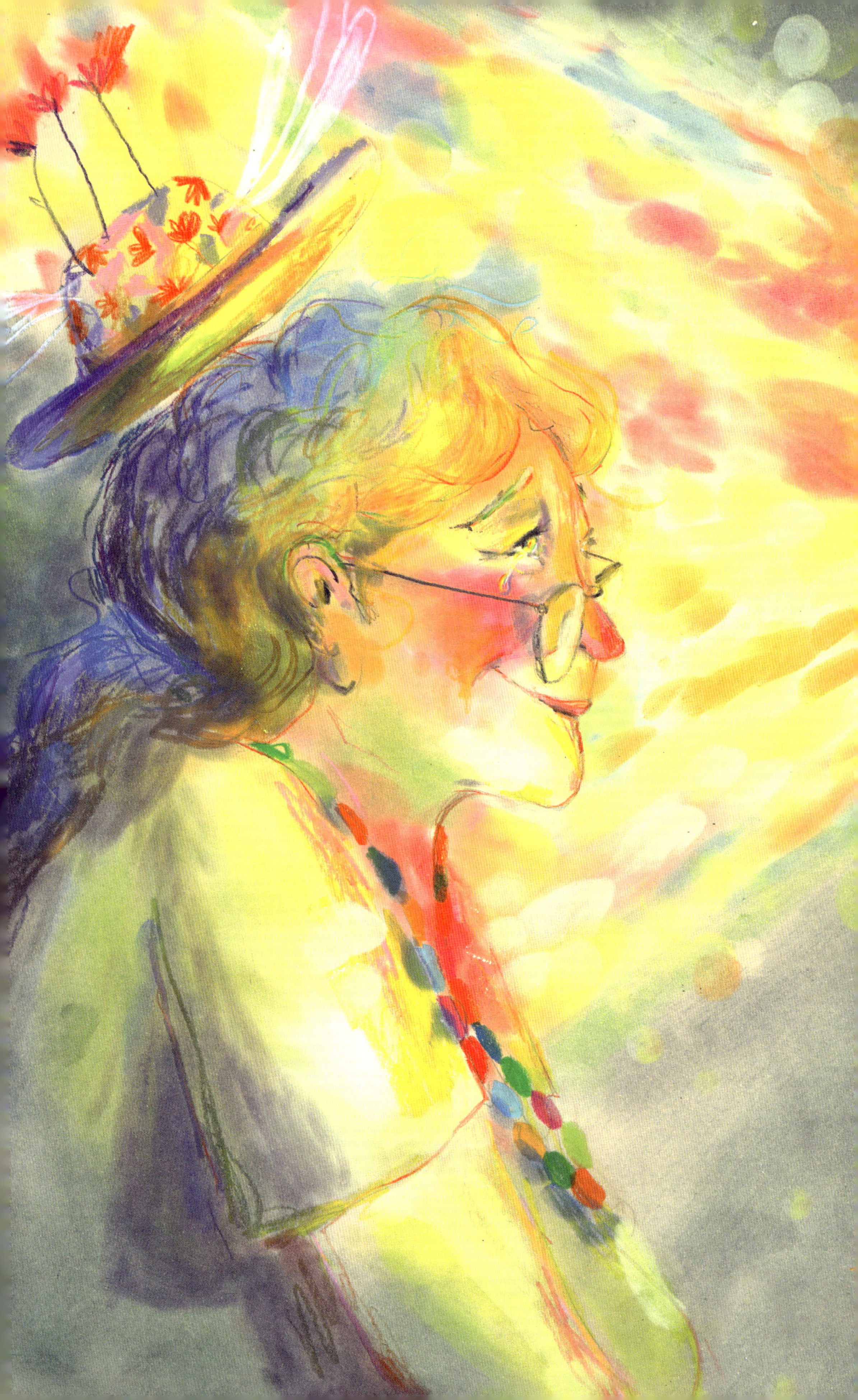

© do texto Júlia Medeiros (2022)
© das ilustrações Natália Gregorini (2022)

Editor: Zeco Montes
Concepção geral: Grupo Ponto de Partida
Assistentes editoriais: Tatiana Cukier e Luana de Paula

Projeto gráfico: Raquel Matsushita
Diagramação: Entrelinha Design
Revisão: Véra Maselli

As músicas "Cadê o toucinho que estava aqui?" (páginas 18 e 21) e "Chora, chora pião" (página 26) são canções de Domínio Público.

Dados Internacionais de Catalogação na Publicação (CIP)
(Câmara Brasileira do Livro, SP, Brasil)

Medeiros, Júlia
    Temporina / Júlia Medeiros; [ilustração] Natália Gregorini. – São Paulo: ÔZé Editora: Grupo Ponto de Partida, 2022. – (Coleção Presente de Vô)

    ISBN 978-65-89835-26-4

    1. Literatura infantojuvenil I. Gregorini, Natália. II. Título. III. Série.

22-112984   CDD-028.5

Índices para catálogo sistemático:
1. Literatura infantil 028.5
2. Literatura infantojuvenil 028.5
Cibele Maria Dias - Bibliotecária - CRB-8/9427

1ª edição 2022

Todos os direitos reservados
ÔZé Editora e Livraria Ltda.
Rua Conselheiro Carrão, 420
CEP: 01328-000 – Bixiga – São Paulo – SP
(11) 2373-9006 contato@ozeeditora.com
www.ozeeditora.com
Impresso no Brasil / 2022

Este livro foi composto no Estúdio Entrelinha Design, com a tipografia Sabon, impresso em papel offset 150g, em setembro de 2022.